I0765554

ASÍ COMENZÓ

LA CREACIÓN

LUISETTE KRAAL

LUISETTEKRAAL.COM

Saved to Serve
International Ministry
Salvo para Servir

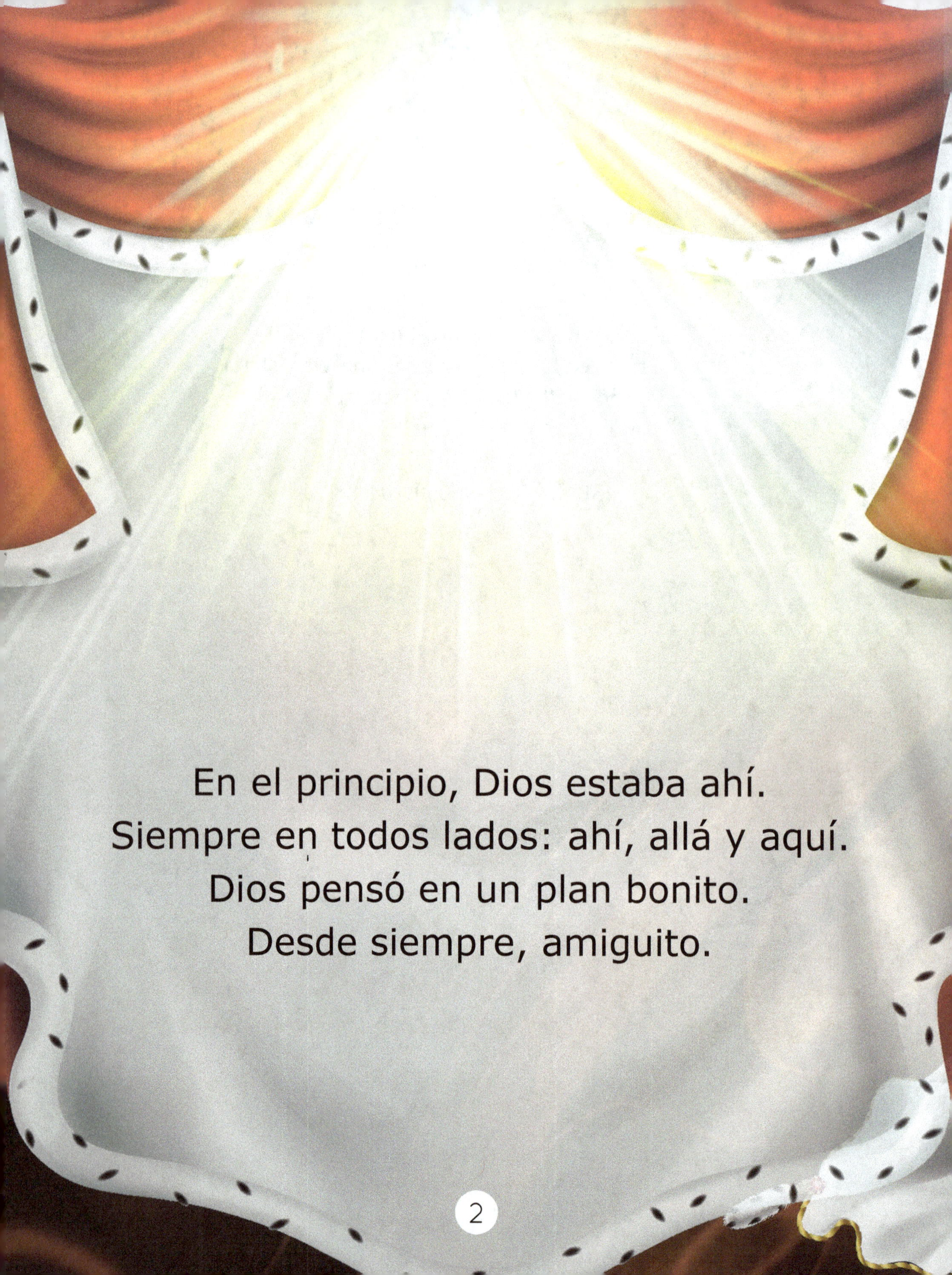

En el principio, Dios estaba ahí.
Siempre en todos lados: ahí, allá y aquí.
Dios pensó en un plan bonito.
Desde siempre, amiguito.

DIA 1

Génesis 1:4:
"Dios consideró que la luz
era buena".

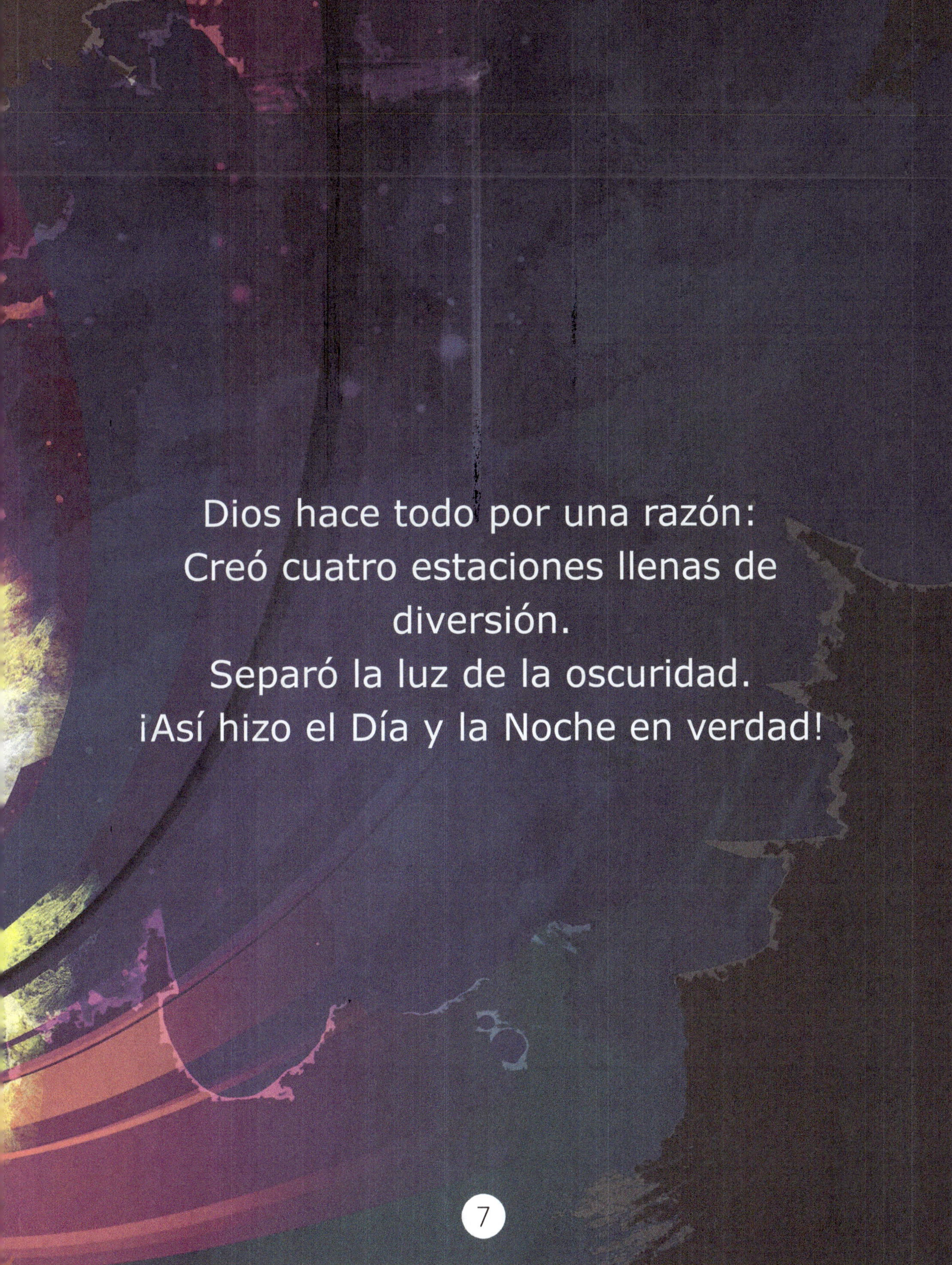

Dios hace todo por una razón:
Creó cuatro estaciones llenas de
diversión.
Separó la luz de la oscuridad.
¡Así hizo el Día y la Noche en verdad!

8

DÍA 2

Génesis 1:10:

"Y Dios consideró que esto era bueno".

Dios usó sus palabras con muchas ganas.
Para así crear los días de la semana.
Dios, con solo hablar una vez,
¡Logró hacer aparecer todo lo que ves!
Creó un lindo jardín
Y separó las aguas así:
Unas las hizo nubes graciositas.
Otras, mares con olas bonitas.

11

DÍA 3

Génesis 1:12:
"Y Dios consideró que esto era bueno".

Dios logró juntar toda el agua bajo el
Cielo en un solo lugar.
Y todo lo demás, ¿cómo lo logró juntar?
Pues… ¡Hizo la tierra debajo de tus pies!
¡Lo creó todo con mucho amor como ves!

El mismo Dios hizo la tierra y el mar.
En donde podemos correr y nadar.
Pero la tierra se veía solo marroncita.
Así que creó los árboles y las plantitas.

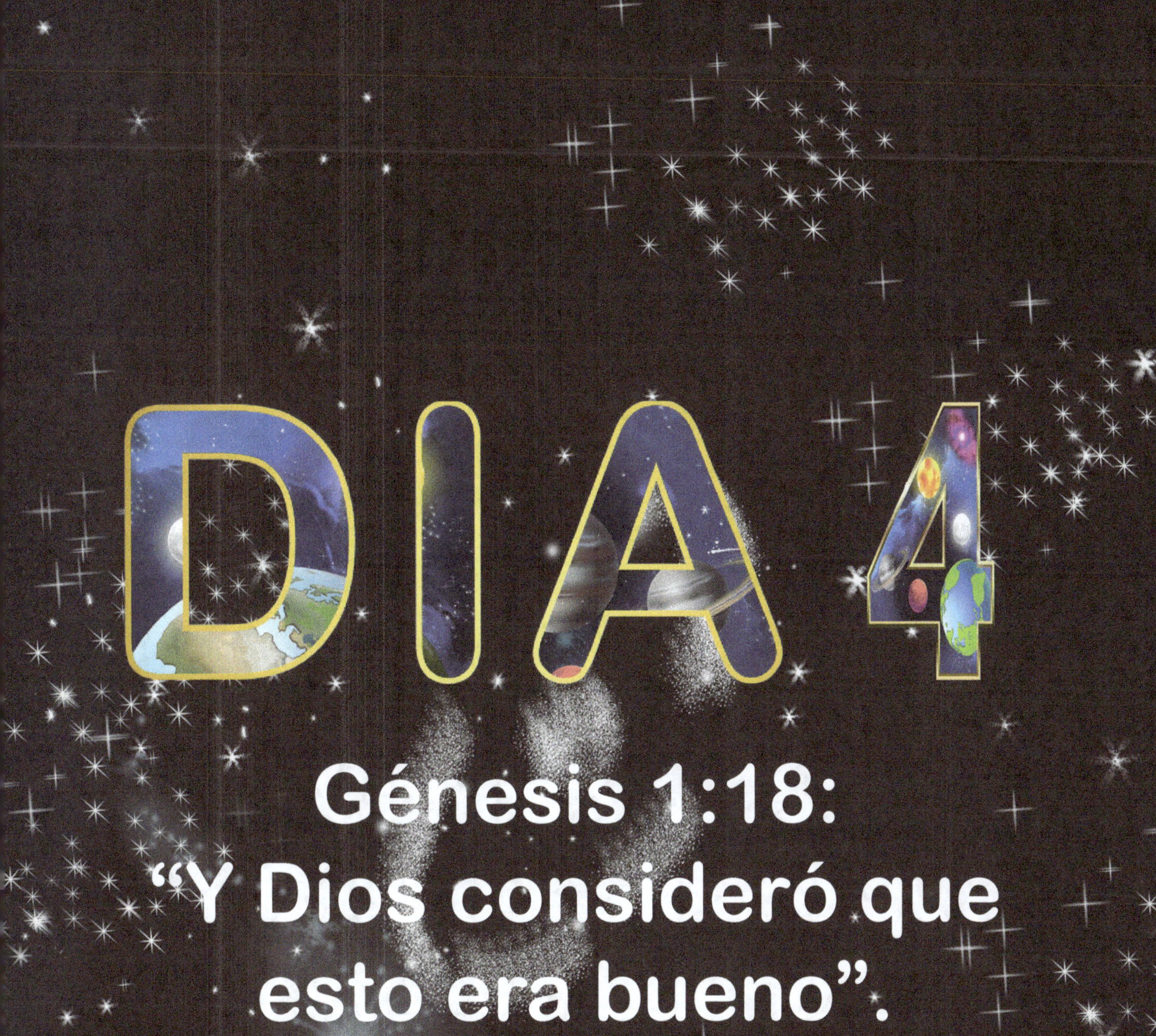

DIA 4

Génesis 1:18:
"Y Dios consideró que
esto era bueno".

Para la noche, hizo la luna para alumbrar.
¡Tú la puedes ver brillar!

Para el día, hizo el Sol para poder salir a
jugar.
¡Y divertirnos sin parar!

DIA 5
Génesis 1:21:
"Y Dios consideró que
esto era bueno".
21

Luego, Dios tuvo una idea buena para toditos.
Creó a los pajaritos, los pececitos
y todos los animalitos.
Los hizo grandes y pequeñitos,
Y bendijo a todos esos amiguitos.
Dios les pidió que poblaran el planeta
¡Hasta a los pajaritos que hoy encuentras!

DIA 6

Génesis 1:25:
"Y Dios consideró que esto era bueno".

Dios hizo a animalitos salvajes y a mascotas.
El planeta no fue el mismo, como notas.
Él había creado leones, tigres, perros y
gatitos;
Y también a ratoncitos y ositos.

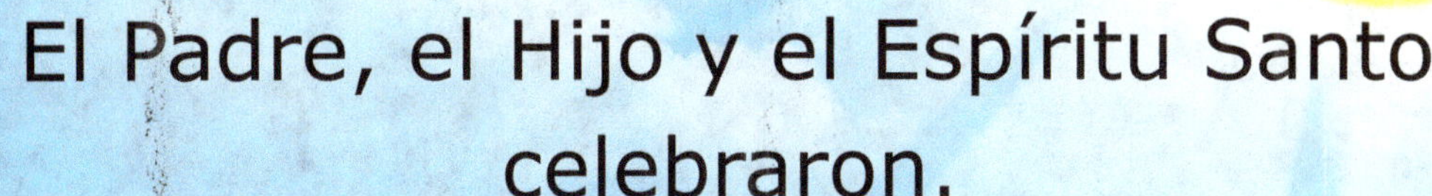

El Padre, el Hijo y el Espíritu Santo
celebraron.
¡Al hombre y la mujer crearon!
Les dijo que comieran frutas y semillitas.
Y a los animales, les dio hojas y plantitas.

Génesis 1:31:
"Dios miró todo lo que había hecho y consideró que era muy bueno".

El séptimo día fue muy bendecido:
Dios decidió tomarse un descanso
merecido.
Ya había completado su gran creación.
¡Y saltaba de la emoción!

Dios miró todo lo que había hecho
y consideró que era

muy bueno

Génesis 1:1-31 NVI

[1] En el principio Dios creó los cielos y la tierra.

[2] La tierra no tenía forma y estaba vacía, las tinieblas cubrían el abismo y el Espíritu de Dios se movía sobre la superficie de las aguas.

[3] Y dijo Dios: «¡Que haya luz!». Y la luz llegó a existir.

[4] Dios consideró que la luz era buena y la separó de las tinieblas.

[5] A la luz la llamó «día» y a las tinieblas, «noche». Vino la noche y llegó la mañana: ese fue el primer día.

[6] Y dijo Dios: «¡Que haya una expansión en medio de las aguas y que las separe!».

[7] Y así sucedió. Dios hizo la expansión que separó las aguas que están debajo de las aguas que están arriba.

[8] A esta expansión Dios la llamó «cielo». Vino la noche y llegó la mañana: ese fue el segundo día.

[9] Y dijo Dios: «¡Que las aguas debajo del cielo se reúnan en un solo lugar y que aparezca lo seco!». Y así sucedió.

[10] A lo seco Dios lo llamó «tierra» y al conjunto de aguas lo llamó «mares». Y Dios consideró que esto era bueno.

[11] Luego dijo Dios: «¡Que haya vegetación sobre la tierra; que esta produzca hierbas que den semilla y árboles que den fruto con semilla, todos según su especie!». Y así sucedió.

[12] Comenzó a brotar la vegetación: hierbas que dan semilla y árboles que dan fruto con semilla, todos según su especie. Y Dios consideró que esto era bueno.

[13] Vino la noche y llegó la mañana: ese fue el tercer día.

[14] Y dijo Dios: «¡Que haya luces en la expansión del cielo que separen el día de la noche; que sirvan como señales de las estaciones, de los días y de los años,

[15] y que brillen en la expansión del cielo para iluminar la tierra!». Y sucedió así.

[16] Dios hizo los dos grandes astros: el astro mayor para gobernar el día y el menor para gobernar la noche. También hizo las estrellas.

[17] Dios colocó en la expansión del cielo los astros para alumbrar la tierra.

[18] Los hizo para gobernar el día y la noche y para separar la luz de las tinieblas.

Y Dios consideró que esto era bueno.

[19] Vino la noche y llegó la mañana: ese fue el cuarto día.

[20] Y dijo Dios: «¡Que las aguas se llenen de seres vivientes y que vuelen las aves sobre la tierra a lo largo de la expansión del cielo!».

[21] Y creó Dios los grandes animales marinos, todos los seres vivientes que se mueven y llenan las aguas; también creó todas las aves, según su especie. Y Dios consideró que esto era bueno.

[22] y los bendijo con estas palabras: «¡Sean fructíferos y multiplíquense; llenen las aguas de los mares! ¡Que las aves se multipliquen sobre la tierra!».

[23] Vino la noche y llegó la mañana: ese fue el quinto día.

[24] Y dijo Dios: «¡Que produzca la tierra seres vivientes: animales domésticos, animales salvajes y reptiles, según su especie!». Y sucedió así.

[25] Dios hizo los animales domésticos, los animales salvajes y todos los animales que se arrastran por el suelo, según su especie. Y Dios consideró que esto era bueno.

[26] Luego dijo Dios: «Hagamos al ser humano a nuestra imagen y semejanza. Que tenga dominio sobre los peces del mar y sobre las aves del cielo; sobre los animales domésticos, sobre los animales salvajes y sobre todos los animales que se arrastran por el suelo».

[27] Y Dios creó al ser humano a su imagen; lo creó a imagen de Dios; hombre y mujer los creó.

[28] Y Dios los bendijo con estas palabras: «¡Sean fructíferos y multiplíquense; llenen la tierra y sométanla; dominen a los peces del mar y a las aves del cielo, y a todos los animales que se arrastran por el suelo!».

[29] También dijo: «Yo les doy de la tierra todas las plantas que producen semilla y todos los árboles que dan fruto con semilla; todo esto les servirá de alimento.

[30] Y doy la hierba verde como alimento a todas las fieras de la tierra, a todas las aves del cielo y a todos los seres vivientes que se arrastran por la tierra». Y así sucedió.

[31] Dios miró todo lo que había hecho y consideró que era muy bueno. Vino la noche y llegó la mañana: ese fue el sexto día.

LUISETTE KRAAL

The Tale of the
House on the Rock

The Tale of the
The Farmer who Lost his Sheep

The Tale of the
Camel and the Eye of a Needle

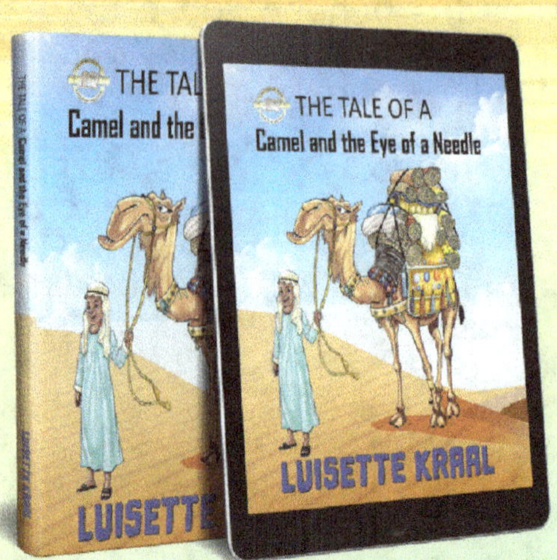

Jonah in the Smelly Belly of the fish

HOPPER
Needs Clean Water